숲속 이야기

고요아침 운문정신 053

숲속 이야기

이택회 시조집

고요아침

수필을 쓰다가 두 집 살림을 하고 있다.

글이라면 깨달음을 주거나, 몰랐던 것을 알게 해 주거나, 아니면 읽는 즐거움이라도 주어야 한다. 이 셋을 다 겸하면 좋겠지만 그 가운데 하나라도 갖춰야 한다. 이 글이 청소하는 이에게 짐만 없는 것이 아닌지.

글에는 역사와 사상과 철학이 담겨야 한다는 게 평소의 문학관이다. 『숲속 이야기』의 밑바탕은 화엄의 세계이며, 사사무애법계事事無碍法界이다. 첫째 마당에서는 인생관, 세계관, 둘째 마당에서는 사회와 환경, 셋째 마당에서는 사람살이, 넷째 마당에서는 자연, 다섯째에서는 역사와 문화를 담았다.

눈 밝은 분들의 꾸짖음이 벌써 들려온다.

2021년 12월
이택회

둘째 마당. 신호질新虎叱

셋째 마당. 불이不二

넷째 마당. 백담계곡

다섯째 마당. 무성서원

첫째 마당

—

발원發願

발원發願

취取하고 또 취해도 취할 것은 남아 있고
채우고 또 채워도 언제나 모자라서
만유萬有가 내 것일지라도 곳간마다 비었다.

버리고 또 버려서 버릴 것 한 점 없고
버린다는 생각마저도 버릴 것 없으면서
달빛이 내를 건너고 꽃향기가 날리듯.

다비 茶毘

1. 불을 붙이며
큰스님, 불 들어갑니다. 뜨거우니 나오셔요.
타오르는 장작불이 할喝을 대신하고
상좌들 나무아미타불 허공으로 떠간다.

2. 불이 타며
생전에 좋은 일 많이 하셨으니
반드시 극락에 가실 것입니다.
아니야, 지옥에 가시겠지, 그곳에는 일 더 많아.

3. 불이 꺼지고
나지도 아니하고 죽지도 아니하고,
가지도 아니하고 오지도 않았나요?*
불 꺼진 잿더미 위에 구름 한 점 쉬다 간다.

* 불생불멸 불거불래不生不滅 不去不來 : 나가르주나의 '중론'에 나오는 사상.

숲속 이야기

한 마리 새가 되어 숲에서 날아다닐 때
둥지 튼 큰 나무가 될 줄은 몰랐습니다.
나무는 나였습니다, 내 둥지를 품어 안은.

강산이 바뀌고서 옆 나무가 되었을 때
비로소 어린 나무가 나였음을 알았습니다.
우리는 하나였습니다, 이름만 잠시 다른.

길바닥 화살표를 보며

건강검진 안내하며 병원에서 일하다가
고속도로 주요도로 나들목에 외출했다.
인생도 갈림길마다 이런 도반 있을 텐데.

육안도 심안도 아직 뜨지 못하여
스승의 손짓도 목소리도 알지 못하고
봉사로 귀머거리로 벼랑 끝에 서 있다.

집 나가는 사람
— 알베르토 자코메티의 〈걸어가는 사람〉

걸망 하나 메지 않고 숨긴 것도 전혀 없이,
시자도 없는 데다 땅문서도 들지 않았다.
아들은 물론이려니와 아내마저 내려놓고.

성큼성큼 넓은 세계로 훌훌 털고 나아간다.
발걸음도 깃털 같고 보폭도 넓고 넓다.
출가는 갇힌 집에서 열린 집으로 가는 것.

고개를 숙이다

발우에 함께 담긴 나환자의 손가락을
태연히 제쳐두고서 공양한 마하가섭,
생사도 더럽고 깨끗함도 너와 나도 없었다.

납치된 뒤 해가 지나 돌아온 무슬림 소녀
원수의 핏덩이를 품에 안고 있었다.
원망도 저주도 없이 꽃 한 송이 피웠다.

이뭣고*

세월을 거슬러서 천년 뒤로 갈 수 없고
시간을 앞질러서 천년 먼저 갈 수 없지만
이곳엔 천년만년도 순간이요 찰나이다.

연꽃은 사막에서 피어나지 못하고
장미는 바다에서 자라지 못하지만
이곳엔 온갖 꽃이 피고 무지개가 뜨고 진다.

* 화두 가운데 하나. "부모로부터 태어나기 이전, 나의 참모습, 이것이 무엇일까?"에서 "이것이 무엇일까"의 준말.

산사의 오후

불보살은 전각에서 저마다 화두를 들고

구름은 낮잠 자다 봄바람에 놀라 깬다.

새들만 목이 쇠도록 화엄경을 읽는다.

도반 道伴

집에서 공부한 뒤 가업을 이어받고
그마저 물려준 뒤엔 숲에 깃들다가
머물던 나무 그늘마저 훌훌 벗어 던졌다.

걸망 하나 둘러메고 이 숲에서 저 마을로
다르마[法] 동무 삼아 길에서 길을 찾던,
그즈음 슈라마나*들의 거친 발이 선하다.

* 슈라마나sramana : 사문沙門.

하늘길*에 오르면서

잔도를 뒤로 하고 밧줄을 부여잡고
하늘길에 오르면서 신선인 양 우쭐할 때
바위의 돌출 부분이 죽비 되어 내리친다.

뒤틀린 말과 행동 누군가의 디딤돌 되고
모난 성깔 누군가를 붙잡아준 적 있었느냐?
파이고 튀어나온 돌 고개 숙여 다시 본다.

* 순창군 용궐산 등산로 이름.

이 시대에 듣는, 맹자와 양 혜왕의 대화

잘살았다 우쭐대는 걸 하양이라 이름하고
못살았다 비웃는 걸 검정이라 이름 붙여
그 둘을 섞어 놓으면 회색이 되고 만다.

하양이 좀 더 많이 섞여 있다거나
검정이 좀 더 많이 섞여 있을지라도
그것은 인생일망정 달리 부를 이름 없다.

둘째 마당

—

신호질新虎叱

신호질新虎叱

과수원 앞에다가 사과를 쌓아 두었다,
멍 지고 뒤틀리고 병들고 상처 입은.
만 원에 한아름이지만 거들떠도 안 본다.

못난이 무녀리로 푸대접 우리뿐이랴.
쌓여 있는 사과들이 갑자기 웅성거린다.
소수자, 88만 원 세대 인간에도 넘치잖니.

장사꾼들, 어떤 사찰에 오다

십이지신상 열 지어 한 푼 달라 두 푼 달라
황금돼지 포대화상 복덕을 사고판다.
전각殿閣엔 난장이 서고 스님들은 거간꾼.

부처는 아수라엔 나투지 아니할까?
애먼 돌멩이를 힘껏 차며 나오는데
한 사내 낮은 포복으로 반야심경 밀고 간다.

어떤 평화

긴 잠에 너나없이 흠뻑 빠져 들어 있다.
들녘도 동물들도
바람도 낮잠을 잔다.
햇살만 눈을 뜨고서 불침번을 서고 있다.

일망무제 초원에서 신기루가 떠오른다.
사자 없는 우리 마을
미중美中 없는 세렝게티.
피안은 가까이 있지만 약수弱水 너머 있었다.

모레노 빙하*에서

막다른 벼랑 끝을 부여잡고 바동거리다가
천길 나락으로 힘이 부쳐 떨어진다.
손발이 잘려 나가며 비명소리 드높다.

저 외마디, 인간들이 내지를 단말마인데,
눈멀고 귀먹은 데다 너나없이 수전노라
육근이 마비되어 버린 장애인만 득실댄다.

밀리고 밀리다가 물러설 곳이 없어
죽살이 끝자락에서 구조 신호 보냈지만
멀리서 시시덕거리는 전망대 위 가해자들.

* 아르헨티나에 있는 빙하.

수드라*

자이나교 수행자도 사문도 아니면서
무소유를 실천하는 억지춘향 도인 됐다.
어미는 주머니마저 달아주지 않았다.

한 몸 숨길 고치마저 마련하지 못한 업보
새벽에도 한밤에도 더 큰 집에 파고든다.
수도권 민달팽이들이 전동차에 실려 간다.

* 인도의 카스트제도에서 가장 아래 계층.

시일야방성대곡是日夜放聲大哭*

― 자영업자

또 불빛이 사라지고 내걸린 '시권** 없음',
열에 아홉 집은 임대 매매 폭탄 돌리며,
밧줄이 좁은 바늘귀를 통과하는 화두 든다.

성업 중인 중개업자 시설업자 간판업자
음지의 독버섯인가 쓰레기장 모기떼가.
불 켜진 그 옆집에서 망치소리 드높다.

* 시일야방성대곡에서 也를 夜로 바꾸었음.
** 시설비와 권리금을 합쳐서 이르는 말.

포장마차

이 겨울 집 앞 골목에 일곱 집이 들어섰다.
자정도 지난 시간 주인은 새파랗고,
축 처진 붕어 잉어들은 미라가 되어 간다.

천 원에 두 마리씩 낚아서 돌아서니
유년에 줄다리기하던 풀빵도 따라왔다.
그때는 굶주렸으나 너나없이 같았는데.

염라대왕의 구인광고

어디 사람 없소. 일손이 모자라오.

무간지옥 화탕지옥 도산지옥 검수지옥 이런 지옥 저런 지옥 아비지옥 지옥 지옥, 이놈들 다스릴 교도관 곤장 칠 형장, 망나니는 물론이려니와 그 가운데 좀 나은 놈 교화할 선생도 훈장도 필요하오, 정치인 언론인 판검사 변호사 장사꾼 사기꾼 투기꾼 도둑놈 살인강도 간통한 연놈 이놈 저놈 이년 저년, 특히 한국에서 온 이들이 참 많소, 잡아드릴 중생들 대기표 받아서 수십 년씩 기다리는 것 보지 못하였소, 이 나라 저 나라 목숨이 늘어진 건 우리 일손이 모자라서 잡아들이지 못해서라오, 일꾼이라곤 외국인 노동자밖에 없소이다, 억대 연봉에 40평 아파트 무상으로 제공하고 퇴직한 다음 생엔 천상이든 극락이든 원하는 대로 보내주겠소.

인간도 아수라이니 도긴개긴 아니겠소.

참 존 나라 대애한민국

젊은 여자들은 주머니 속 물건처럼,
무슨 짓을 저질러도 가위질은 엿장수 맘
후다닥 다 덮어주는 우리끼리 검사들.

양가죽에 가로 왈 자 융통성이 있어 존다.
너희는 죄가 있고 우리는 죄가 없다.
가진 자 갑들을 위해 이 법 저 법 만든다.

기사는 쓰고 싶은 대로, 없으면 소설 쓰고,
잘잘못 시시비비 고어사전 찾아봐라.
여우가 헌법을 들고 있다, 번쩍이는 언론 자유.

갑들의 극락 천당 유토피아 별유천지
노론부터 자손만대 쭈우욱쭉 이대로만
삼천리 연화장세계, 신바람 난 똥파리.

옷 한 벌

우리네 할머니들의 삶이었던 베옷 한 벌.

삼씨를 심어 가꾸고 베어다가 삶고 껍질을 벗기고 속
살을 말리고 손톱으로 째고 허벅지에 대고서 침 발라 삼
고 마당에서 날고 풀칠하며 매고 베틀에 앉아 짜고 자로
재고 마름질하고 한 땀 한 땀 꿰매고 박고 누비고 공그
르고 홀맺고 빨아서 풀을 먹이고 숯다리미로 다리느라
손발은 쇠가죽 되고 허리는 장작개비 되었다.

손녀는 손전화 자판에서 손가락 몇 번 까딱까딱.

동물농장 반장 경선

포가 포를 넘어가서 상대 포를 잡아먹고
졸과 병이 물러서고 두 걸음도 가면서
재밌다 시시덕거리는 그들만의 장기판.

놀이에도 있는 규칙 양가죽에 가로 왈 자曰字
훈수꾼도 구경꾼도 심학규요 아다다다.
더구나 완장 찬 놈은 망나니의 하수인.

* 장기를 둘 때 포包는 포를 넘을 수 없고, 포를 공격할 수도 없다. 졸卒과
병兵은 뒤로 물러설 수 없고 옆이나 앞으로 한 번에 한 칸만 갈 수 있다.

셋째 마당

불이不二

불이不二

땅 닮고 하늘 닮은 모나고 둥근 엽전
이곳저곳 잘 굴러서 피가 돌고 살 되어서
갑순이 갑돌이들이 아비 되고 어미 됐다.

하늘은 둥글고 땅은 모난지라
둥근 건 남정네가 모난 건 아낙네가
물 긷고 쌀 씻으면서 아들딸을 길렀다.

개똥과 굼벵이도 손잡고 뒹굴어야,
세모와 마름모도 서로 안고 다독여야,
땅에서 꽃이 피어나고 하늘에는 새가 난다.

열 온 즈믄 골 잘 울*

'열'을 열 번 하면 '온'이 되고 '즈믄' 되니,
이천년엔 때 아닌 '즈믄'둥이가 쏟아졌지만,
'골'백번 일러주어도 귀를 닫은 배달말.

'잘' 하려면 최소한 억 번은 헤아려야 하고
더욱 더 잘 하려면 '울'음도 삼켜야지.
골 잘 울 산소호흡기라도 달고 싶은 배달말.

* 열(십) 온(백) 즈믄(천) 골(만) 잘(억) 울(조)은 토박이 배달말이다.
  보기) 골잘의 배달겨레 대대로 닦아내매(외솔 최현배님의 「한흰샘 스
  승님을 생각함」에서)

운전하며 염불하며

들길 산길에 주검들이 널려 있다.
아내를 만나려다 자식 보러 찾아가다
업장을 벗지 못한 채 삼악도에 멈췄다.

축생고 벗어나서 왕생극락 하여라.
지옥에 갈지언정 인간계엔 오지 마라.
육시에, 육포가 되어버린, 염도 못한 우리 조상.

한 소년에게

옆 사람은 1+1 문제지를 받았는데
미적분 문제지를 주느냐고 투정 말자.
저마다 받은 문제는 근기根機 따라 다르단다.

부질없는 쇳덩이는 잡철이라 이름한다.
풀무질 담금질 불 속을 드나들어야
연철鍊鐵로 뒤바뀌어서 쇠다운 쇠 된단다.

때늦은 축사

남들이 함께 살다 황혼이혼 생각할 때
당신들은 따로 살다 황혼에야 만났구려.
당신이 틀린 게 아니라 남과 다를 뿐이라오.

젊어서 만났으면 자식 걱정 많겠지만
늙어서 만났으니 손주까지 없어 좋겠네.
남은 날 당신들 걱정만 하다 가면 그만일세.

갈 길 먼 젊은이들 장애물이 겹겹이지만
산 넘고 물 건너며 철인경기 마쳤으니
벌 나비 벗을 삼아서 꽃향기나 맡으시게.

대설 大雪

나니 너니 여니 야니
다툼이 지나치면,
천지는 화가 치밀어
평소 않던 일을 한다.
하늘은 땅에 내려오고
온 마을은 승천한다.

망월동 혹은 2020년 5월

찔레꽃 이팝나무 토끼풀 아카시아
남녘 들 꽃들마다 하얀 만장 펼쳤다.
개구리 만가 소리도 새하얗다. 계면조다.

술 권한 사람

술 한 잔 마시자고 전화를 걸었더니,
"저는 막걸리는 마시지 않는데요."
저 사람, 술만 가릴까?
그날따라 더 단 술맛.

술절[酒寺]

막걸리 소주 맥주 법사法師는 다를지라도

공통주제 받았는지 너나없이 한 목소리.

오늘도 이 절 저 절에서 불이법문不二法門 설한다.

여심女心

바람에 흩날리는 벚꽃을 배경으로
가장 젊고 가장 예쁜 오늘을 붙잡는다.
사진엔 여대생 딸의 웃는 모습 훔쳐 온다.

늦가을 소묘

해 질 녘 고샅길에 유모차가 기어간다.

기역자 그림자도 거친 숨을 몰아간다.

빛바랜 낙엽 한 잎이 아이인 양 앉아 있다.

부처들

"산사에 간다더니 부처를 만났는가?"

"산은 푸르고 산새들은 즐거워하고
벌나빈 내게 다가와 자네 안부 묻던데."

넷째 마당

—

백담계곡

백담계곡

몇 안거를 지내야 백담과 인연 맺고
얼마를 참고 버려야 저 돌을 닮을까?
산비탈 뭇 나무들도 계곡으로 발 뻗는다.

돌들도 나무들도 너나없이 정진하는데
백담에 흐르는 물 아라한과 이루고서
콧노래 흥얼거리며 만행 길에 나선다.

바위, 사랑을 알다

세상에 막 나온 그는 생명에 둔감했다.
중년이 되어서야 이끼를 업어주고
나이가 좀 더 들어서야 풀씨 하나 안았다.

초로가 되어서는 가슴팍을 열어주고
사랑이 깊어지면서 제 몸까지 내줬다.
맘까지 하나 되면서 풀과 함께 뒹굴었다.

선유도

드맑은 가을하늘 부끄러운 마음에
솔바람 따라가는 구름 한 점 앉았듯이
시샘이 일어난 바다
꽃섬 하나 안았다.

연정을 드러낼 묘안을 찾다가
열여덟 수줍은 얼굴 화폭에 담았듯이
열꽃을 감추지 못해
화룡점정 찍었다.

부안 채석강彩石江

조물주도 공부가 더욱 더 필요했나
변산반도 한쪽에 수만 권 쌓아두고
이따금 책장 넘기는 소리 사르르르 사르륵.

책을 읽다 시장하면 요기도 해야겠기에
밤참 새참으로 마련한 시루떡을
갈매기 밝은 눈으로 먼저 와서 찾는다.

대조사* 소나무

사람으로 태어나도 사람 구실 힘 드는데
소나무로 태어나서 미륵보살 시자侍者로서
일산日傘을 받쳐 든 공덕 도솔천에 닿겠다.

오십육억 칠천만 년 기다림도 마다 않고
첫 마음 바뀔세라 상구보리 하화중생上求菩提 下化衆生.
바람도 그대 앞에서 고개 숙여 합장한다.

* 충남 부여 대조사. 석조미륵보살입상 옆에 커다란 소나무가 있다.

개구리 소리를 읽다

못된 송아지 엉덩이에 뿔 난다더니
어린 것들이 불장난하기 시작한다.
아직도 날이 벌건데 깨굴깨굴 망나니.

단가를 부른다. 추임새도 뒤따른다.
어둠이 내리면서 개굴개굴 소리판이다.
들녘은 뜨거운 마당, 세레나데 드높다.

과부라도 이혼녀라도, 홀아비들의 몸부림
가끔씩 쉬어가며 목소리도 늘어졌다.
자정을 기어서 넘는다, 골골골골 쉰 고개.

꼬끼오 앞소리에 뻐꾹뻐꾹 받는다.
꿩 꿩 멍멍 컹컹 아침 인사 뒤에 가린,
'개구울', 전전반측하는 쪽방촌의 중저음.

해오라기 몇 마리가 대낮에 어슬렁거린다.
'살충제 제초제에도 목숨을 부지했느니라.'
무논에 납작 엎드려서 신혼집을 짓는다.

무욕 無慾

새소리 저렇게도 청아하기만 하는데도,

산 빛이 이리도 곱기만 하는데도,

석간수 한눈도 팔지 않고 제 갈 길을 가고 있다.

청련암의 추억

바람과 대나무는 밤새워 논쟁하고

달빛은 한밤 내내 참선하다 돌아갔다.

토끼만 오가는 눈길에 열반송을 남겼다.

빗물 받기

범부가 종그래기를 두 손에 받쳐 들고,

수행자가 커다란 둠벙을 파고 있을 때,

바다는 언제나처럼 어깨춤만 덩실 춘다.

달

쉴 날 없는 중노동에 반쪽 얼굴 되었다가
한 달에 오직 하루 휴가 얻어 쉴 때에는
야윈 몸 회복하려고 보신하러 집에 간다.

봄 손님

벚꽃은 거리에서 촐랑대고 있고요,
진달래는 응달에서 미소만 머금지만,
봄비랑 아지랑이는 몰래 왔다 갔어요.

우리 자리

보슬비 머문 곳엔
나무가 눈을 뜨고

봄바람 지나간 곳엔
꽃들이 활짝 웃지만,

우리가 놀다간 곳엔
쓰레기만 쌓여요.

다섯째 마당

—

무성서원

공적비

군수와 관찰사들 사열을 받는 자리
공적과 관직명을 훈장처럼 달고 있다.
해 질 녘 참새 한 마리 똥을 싸고 날아간다.

사서에 남아 있는 제왕의 기록들도
한갓 좀벌레의 먹이일 뿐이려니
돌에다 새길지라도 비바람의 한 끼 식사.

진도아리랑을 읽다가

아낙네가 감춘 심장, 할머니의 쓸개에다
머슴들 흘린 땀까지 손오공의 호로병처럼
썩은 것 튀어나온다, 빠진 배꼽도 따라온다.

"빨래독 좋아서 빨래하러 갔다가
못된 놈 만나서 돌 비개를 비었네."
돌부처 무딘 가슴도 눈을 찔끔 감았겠다.

단청

흠은 가리고 틈새도 메우면서
위엄도 드러내고 예쁘게 보이려고
나무는 화장을 한다. 미인으로 위장한다.

화승은 물감으로 속인은 막걸리로
붉으락 푸르락 그림을 그린단다.
그림을 그리러 간다. 멍 진 가슴 문지르러.

범종 소리

할머니 관절염은 지난밤 좀 나았는지
할아버지 허리는 차도 있어 견딜 만한지
댕그렁 아침저녁으로 고샅길을 누빈다.

숲으로 달려가서 아침잠도 깨우고
겨울잠 잘 자라며 자장가도 들려준다.
이승을 살핀 뒤에는 지옥으로 달려간다.

사리암邪離庵

탐심 백 근 성냄 백 근 어리석음 백 근에다가
근심 백 근 오만 백 근 무지 백 근 기타 사백 근
운문산 올라갈 때는 마음 천 근 몸 백 근.

산새가 물어 가고 냇물이 씻어 가고
바람이 몰아가고 구름이 안고 가고
누구도 가져가지 않은 몸 백 근만 지고 온다.

경주 남산에 오르면서

내가 밟는 이 돌과 불보살 된 저 바위가
본래는 한 몸이고 한 돌이었을 터인데,
돌 버텅 짓밟으면서 돌부처를 뵈러간다.
불보살이 못 되기는 저나 나나 매한가지.
일체 돌들도 불성을 지녔다면
내 발에 밟히는 돌은 어느 날에 성불할까.

무성서원

다른 서원들은 수행에 방해된다고
마을에서 나와서 외딴 곳에 숨었지만
초가와 키를 재면서 참 곱게도 늙었다.

아름드리가 아니라 어린 나뭇가지로
얼기설기 엮은 채 소박한 매무새로
환하게 미소 지으며 동네 어른 되었다.

* 내 고향, 정읍시 칠보면에 있는 서원으로 유네스코세계유산임.

수우재 탱자나무

회수淮水를 건너면 탱자가 된다지만
탱자로 이백 년을 장좌불와長坐不臥하였다면
깨달음 이미 얻어서 안양安養에도 올랐을 터.

승운정 이웃으로 정자라도 오르기를
가람의 고조부 때부터 비손하였지만
이제껏 곁가지마저 다가가지 못했다.

수많은 시인묵객 구름 타고 떠났으니
가시를 삭여내고 향기로 장엄하면
마침내 우화등선하겠지 매무새를 추스른다.

운주사에서

운주사 부처님은 아직 와선 중이시다.
병든 중생 방치하면 직무유기죄 되옵니다.
이제는 방선하시라고 대 죽비를 힘껏 치자.

살살이 꽃

메마른 황토밭에 한 뼘 안팎 살살이 꽃
한 포기에 한 송이씩 벼랑 끝에 매달렸다.
못 죽은 조선 의사義士들 그 넋들이 맺혔다.

철커덩 철문 소리 수壽를 덜며* 덤벼들 때
홍원에서 서대문에서 꿈마저 꿀 수 없던
피 묻은 푸른 하늘로 발돋움을 하고 있다.

* "적이 수壽를 덜었다"(가람 이병기의 「홍원저조」에서).

풍경 風磬

비바람 몰아칠 때는 경전을 독송하고

천지가 조용할 때는 묵언하며 화두를 든다.

간경과 참선수행으로 장좌불와 정진 중.

목포의 눈물

남녘의 길목에서 노를 젓고 땅을 파며
왕건에게 내준 길 왜구에겐 어림없어
노적봉 에워싸면서 피와 땀을 보탰다.

왜놈들이 들여온 육지면에 고혈 쏟고
쌀과 소금까지 삼백三白*을 빼앗길 때
영산강 긴 물줄기는 피눈물로 넘쳤다.

눈물도 언젠가는 마르고 그치는 법
영산강 하구 둑에서 오가는 물 거르듯이
이제는 울고 웃을 때 가리고서 크게 웃소.

* 목포는 육지면을 처음 심은 곳. 하얀 세 가지, 곧 쌀, 솜, 소금.

화엄의 구조와 기지 · 풍자 · 해학의 재미성

이지엽

시인 · 경기대 교수

1. 황금분할 나선구조의 자연음악

이택회 시인의 시집 『숲속 이야기』는 잘 짜인 구조를 가지고 있다. 모두 다섯 마당으로 나누어져 있는데, 첫째 마당 발원發願에는 「발원發願」 외 10편, 둘째 마당 신호질新虎叱에서는 「신호질新虎叱」 외 10편, 셋째 마당 불이不二에서는 「불이不二」 외 11편이, 넷째 마당 백담계곡에는 「백담계곡」 외 11편이, 다섯째 마당 무성서원에서는 「공적비」 외 11편의 작품 등 총 58편의 작품이 수록되어 있다.

각 마당은 각기 다른 주제를 담고 있는데, 첫째 마당에서는 인생관과 세계관에 관련된 작품이, 둘째 마당에서는 사회와 환경에 대한 비판의 작품들이, 셋째 마당에서는 사람살이와 관계있는 작품으로 다양한 사람들의 모습, 사람들에게 하고 싶은 말을 담고 있다. 넷째 마당에는 자연을 대상으로 그

느낌과 해석, 자연에서 배우고자 하는 점을 적고 있으며, 다섯째 마당에서는 우리의 역사와 문화에 대한 이야기로 이에 대한 해석과 단상을 담고 있다.

시적 화자를 둘러싸고 있는 자연과 삶과 현실, 역사와 문화에 이르기까지 사람 사이의 관계는 물론 자아와 세계의 인생관에 대해 종합적인 해석을 보여주고 있는 시집이라고 할 수 있다. 시인은 이 『숲속 이야기』의 밑바탕에 깔린 정신은 화엄華嚴의 세계라고 보며 다음과 같이 얘기하고 있다.

화엄의 세계는 우주 만유가 마치 꽃으로 장엄한 것과 같다는 것이다. 법계(法界)는 저마다 고유한 특성을 지니고 그 나름대로 제 가치를 가진 소중한 존재들이며, 이들 하나하나가 서로 어울려 조화로운 세계를 이루고 있다는 것이다. 법계는 색성향미촉법(色聲香味觸法)으로 이루어진 세계이다. 곧 우주에 여러 사상(事象)으로 존재하는 모든 것들이 제 값을 지니면서 서로 걸림이 없이 아름답게 어울려 있다는 것이다. 이를 사사무애법계(事事無碍法界)라고 한다. 사물이나 현상이 서로 걸림이 없는 존재의 세계이다. 그러면서 이들은 저마다의 목소리로 법(法, dharma)을 설한다.

서로의 존재를 인정하고, 나와 남을 편 가르지 않고, 상대방을 해치지 않고, 내가 작은 것이라도 가졌으면 가지지 못한 이에게 손을 내밀 수 있어야 한다. 내가 남에게 무언가를 베풀려면 먼저 내가 가져야 한다. 내가 깨달아야 깨닫지 못한 사람에게 다가갈 수 있다.

사실 이 다섯 마당의 유기적 관계가 그냥 단순히 배치한 것이 아니라 시적 화자를 둘러싸고 있는 공간의 가장 완전한 별의 구조라는 점에서 주목이 된다. 고대 이집트 피라미드

벽화에는 유독 별이 많은데 우주의 별을 직접 관측할 수 없었던 이집트인은 별을 팔이 5개 달린 불가사리 모양으로 묘사했다. 사람들이 생각한 별 모양과 실제 둥근 별 사이에는 수학적인 관계가 있다며 별의 꼭짓점을 이으면 오각형이 되는데, 오각형은 구를 만드는 핵심 도형이라고 설명하기도 한다(황홍택 금오공대 응용수학과 교수). 황금분할이 내재된 오각형의 별은 피타고라스학파의 상징처럼 중요시되기도 했으며, 물리학의 새 지평을 연 뉴턴도 이 황금나선구조를 자신의 머리맡에 새겨놓을 정도로 중요하게 인식했다고 한다. 그런데 깨달음이 높은 존재들(부처, 예수 등)일수록 깨달음을 희구하는 장소인 사원, 성당에 이러한 황금분할 나선구조의 기법과 문양이 사용된 것을 감안하면 이 구조가 우주의 생명과 자연음악에 연관되고 있음을 알 수 있다.

'새'가 '큰 나무'요, '큰 나무'가 다시 '어린 나무'가 되는 자연의 섭리, 곧 모든 존재를 소중히 알고 그 가치를 존중해 주면서 저마다 소중한 존재로서 서로 어울려 아름다운 세상을 만들고자 하는 사사무애법계事事無碍法界의 염원을 담고 있는 첫째 마당 발원發願, 수질 오염, 대기 오염, 토양 오염, 온난화, 생태계 파괴 등 심각한 자연 훼손의 실태를 통해 생명의 소중함을 재인식하고 환경 파괴를 막는 생태적 삶에 관심을 보이고 있는 둘째 마당 신호질新虎叱, 이것이냐 저것이냐 분별하는 마음에서 떠나라는 가르침을 통해 있다 없다(有無), 생불生佛(중생과 부처), 성속聖俗(성스러움과 속됨), 너와 나, 생

과 사, 몸과 마음 등 대립적인 사고를 넘어서 중도적中道的인
관점을 지향하면서 사람살이의 어려움을 담아내고 있는 셋
째 마당 불이不二, 자연에서 느낀 것, 자연에서 발견하고 그
에 대해 내린 해석, 자연에서 배울 것이 무엇인가 하는 점을
음미하면서 시냇물 흐르는 소리를 깨친 이의 즐거움으로 파
악하고 만행萬行 길을 떠나는 길이니 얼마나 즐겁겠는가 묻
고 있는 넷째 마당 백담계곡, 마을 한가운데에 있으면서 목
재도 아름드리나무가 아니라 서민들의 집처럼 기둥이나 들
보가 소박하기 그지없는 민중들과 더불어 동고동락하는 모
습을 읽을 수 있어 우리의 역사와 문화에 대해 무한한 애정
을 갖고 있는 다섯째 마당 무성서원.

　결과적으로 이 다섯 마당은 유기적으로 얽혀져 한 몸을 이
룬다. 만다라, 화엄의 둥근 세계다. 마치 "황금분할이 내재된
오각형의 별"처럼. 이 구조는 나무의 잎맥, 씨앗의 형상, 조
개껍데기의 소용돌이, 세포의 성장 모습, 거북이의 등껍질
모양, 벌집의 모양 등 황금분할 나선구조의 자연음악과 우주
운행의 신성한 질서에 연관되고 있음을 알 수 있다.

　그런데 이택회 시인의 시편들은 황금분할 나선구조의 자
연음악을 지니면서 화엄의 완벽한 둥근 구조를 지향하는데
중요한 것은 그의 대부분 시편들이 재미가 있다는 점이다.
이 재미성은 현대 시조의 맹점 중의 하나이기 때문에 좀 더
면밀한 검토가 필요하다.

　재미의 어원은 자미滋味로 자미는 표준국어대사전에 의하

면 "자양분이 많고 맛도 좋음, 또는 그런 음식"을 뜻하는 말
이다. 재미는 3가지 뜻으로 대개 쓰이는데 ① 아기자기하게
즐거운 기분이나 느낌. ② 안부를 묻는 인사말에서, 어떤 일
이나 생활의 형편을 이르는 말. ③ 좋은 성과나 보람을 말한
다. 음식과 관련하여 Jammy와도 연관 지어 볼 수도 있다.
Jammy는 잼 같은, 진득진득한, 기분 좋은, 편안한 뜻을 가지
고 있는데 와인이 포도 맛이 강하고 달아서 마치 잼처럼 느
껴질 때 묘사하는 표현이다. 캘리포니아의 Zinfandel(진판
델)이나 오스트레일리아의 시라즈처럼 뜨거운 지역에서 자
란 포도에서 이런 특성이 나온다고 알려져 있다.

　사실 우리의 고전시가의 특징 중 풍자와 해학을 비롯한 문
학의 재미성은 중요한 요소였다. 서민들의 애환과 사랑과 사
람살이 저간을 속속들이 표현해내어 언제나 삶 속에 용해되
어 왔다. 그러던 것이 현대에 이르러서는 거의 사라지고 있
어 이에 대한 관심과 자각이 어느 때보다 필요한 시기라고
판단된다. 현대시조에서 확연하게 사라지고 있는 이유는 현
대의 삶이 매우 각박해지고 건조해졌기 때문이라고 볼 수 있
다. 그러나 그럴수록 이를 타개하기 위해서는 이 재미성이
필요하다고 볼 수 있다. 더욱이 장기간의 코로나의 시기로
심신의 피로가 쌓여가는 시기인 점을 감안해보면 이를 치유
하고 위로할 수 있는 재미성은 반드시 회복해야 할 심미적
기능이라고 볼 수 있다. 그런데 여기 이택회 시인은 이번 시
집에서 이 재미성을 유감없이 펼쳐 보이고 있다. 여기에서는

이 재미성의 양상을 기지機智 · 풍자諷刺 · 해학諧謔 등 3가지로 나누어 살펴보고자 한다.

2. 지적 에스프리, 기지機智

기지機智는 이미 아리스토텔레스의 『수사학』에서 웃음을 자아내는 "교양 있는 오만"이라고 정의된 바 있다.

의미가 자기에게 상응한 형식을 모색하면서도 얻지 못하는 단계이거나 의미가 외면적 형식을 능가해버리는 단계이거나 어느 쪽에서도 기지는 나타난다. 어느 쪽에서든 서로 낯선 종류의 표상들을 의표를 찌르는 유사성에서 결합하는 것이 의식적으로 행해진다고 볼 수 있다.

1. 불을 붙이며
큰스님, 불 들어갑니다. 뜨거우니 나오셔요.
타오르는 장작불이 할喝을 대신하고
상좌들 나무아미타불 허공으로 떠간다.

2. 불이 타며
생전에 좋은 일 많이 하셨으니
반드시 극락에 가실 것입니다.
아니야, 지옥에 가시겠지, 그곳에는 일 더 많아.

3. 불이 꺼지고
나지도 아니하고 죽지도 아니하고,

가지도 아니하고 오지도 않았나요?
불 꺼진 잿더미 위에 구름 한 점 쉬다 간다.

　　　　　　　　　　　　　　　　　　　—「다비茶毘」 전문

　　나가르주나의 '중론'에 나오는 불생불멸 불거불래不生不滅
不去不來 사상을 보여주고 있는 작품이다. 불가에서 이루어지
는 「다비茶毘」 식의 '불'의 진행과정을 통해 큰 스님에게 시적
화자는 다소 불손한 주문을 한다. 불을 붙여 뜨거우니 그만
나오라는 것이며 생전 좋은 일 하셨으니 극락이 아니라 지옥
에 갈 것이라 한다. 이 오만하고 의아한 주문은 독자들의 시
선을 대번에 잡아낸다. 장작불이 할喝을 대신하니 뜨거운 불
속에 있을 필요가 없으며 아무 할 일 없는 극락보다는 할 일
이 많은 지옥이라야 큰 스님 존재가 필요한 것 아니냐는 것
이다. 불생불멸 불거불래不生不滅 不去不來이니 이름이나 자리
가 무슨 필요 있겠는가.

　　큰 스님이라는 절대적 존재를 객관화하여 현실적 형태로
하강시키고자 할 때 기지가 등장하고 있음을 볼 수 있다. 불
생불멸 불거불래不生不滅 不去不來라는 불교적 진리가 이를 이
끌어 가는 촉매제 역할을 하고 있는 것이다. 이런 의미에서
기지는 에스프리와 상통하는 문학 장치임을 알 수 있다.

　　걸망 하나 메지 않고 숨긴 것도 전혀 없이,
　　시자도 없는데다 땅 문서도 들지 않았다.
　　아들은 물론이려니와 아내마저 내려놓고.

성큼성큼 넓은 세계로 홀홀 털고 나아간다.
발걸음도 깃털 같고 보폭도 넓고 넓다.
출가는 갇힌 집에서 열린 집으로 가는 것.
—「집 나가는 사람」 전문

알베르토 자코메티의 '걸어가는 사람'을 소재로 불가의 '출가'를 절묘하게 해석하고 있다. 그것은 "출가는 갇힌 집에서 열린 집으로 가는 것"이라는 것이다. "열린 집"은 십우도의 마지막 단계인 입전수수入廛垂手의 탁발 수행과 연관된다. 사실상 세상을 구제하고 중생을 구제하는 것이니 혼자만 생각하던 집과는 정반대의 집 바깥인데 결국 이것이 "출가出家"라는 단순한 어휘풀이가 겹쳐지는 것이라는 점에서 기지가 빛난다. 아무 것에도 연연하지 않고 성큼성큼 나아가는 자코메티의 조각 작품과 딱 맞아 떨어진다.

'열'을 열 번 하면 '온'이 되고 '즈믄' 되니,
이천년엔 때 아닌 '즈믄'둥이가 쏟아졌지만,
'골'백번 일러주어도 귀를 닫은 배달말.

'잘' 하려면 최소한 억 번은 헤아려야 하고
더욱 더 잘 하려면 '울'음도 삼켜야지.
골 잘 울 산소호흡기라도 달고 싶은 배달말.
—「열 온 즈믄 골 잘 울」 전문

열(십) 온(백) 즈믄(천) 골(만) 잘(억) 울(조)의 토박이 배달말을 작품 중간에 섞어 넣어 그 중요성을 강조하고 있는 작품이다. 특히 둘째 수에서 '잘' 하려면 억 번을 반복하고 더욱 더 잘 하려면 "'울'음도 삼켜야" 함을 얘기하면서 "산소호흡기라도 달아서" 살려내고 싶은 절절한 마음을 담아내고 있다. "'울'음"은 전혀 다른 관념을 서로 연결하여 그로 인한 모순과 해결의 동시적·순간적인 전환이 일어난다. 고도의 지적 조작으로, 경박한 유희와는 다른 번뜩임이 있는 기지機智에 해당된다고 볼 수 있겠다.

3. 비판적 조소적 파괴, 풍자諷刺

풍자諷刺라는 말은 중국의 시서詩書인 『시경詩經』에 "시에는 육의六義가 있는데 그 하나를 풍風이라 한다. 상上으로써 하下를 풍화風化하고 하로써 상을 풍자風刺한다."에서 유래한다.

풍자는 정치적 현실과 세상 풍조, 기타 일반적으로 인간생활의 결함·악폐惡弊·불합리·우열愚劣·허위 등에 가해지는 기지 넘치는 비판적 또는 조소적嘲笑的인 발언(참조: 두산백과사전)이라고 볼 수 있다. 조동일은 '우아'와 함께 '골계'를 '있어야 할 것'보다 '있는 것'을 존중하는 미적 범주로 분류한다. 그는 골계를 풍자적 골계와 해학적 골계로 구분하면서, 양자가 모두 '있어야 할 것'으로 행세해 온 경화된 관념을 파괴하고 '있는 것', 즉 생의 현실성을 그대로 긍정하지만,

'있어야 할 것'의 파괴 쪽에 관심을 집중하는 것이 풍자이고, '있는 것'의 긍정에 관심을 집중하는 것이 해학이라고 볼 수 있다. 풍자는 '있어야 할 것'으로 행세해 온 적대적인 대상을 강렬하게 의식하면서 이루어지는 골계라고 볼 수 있다.

젊은 여자들은 주머니 속 물건처럼,
무슨 짓을 저질러도 가위질은 엿장수 맘
후다닥 다 덮어주는 우리끼리 검사들.

양가죽에 가로 왈 자 융통성이 있어 좋다.
너희는 죄가 있고 우리는 죄가 없다.
가진 자 갑들을 위해 이 법 저 법 만든다.

기사는 쓰고 싶은 대로, 없으면 소설 쓰고,
잘잘못 시시비비 고어사전 찾아봐라.
여우가 헌법을 들고 있다, 번쩍이는 언론 자유.

갑들의 극락 천당 유토피아 별유천지
노론부터 자손만대 쭈우욱쭉 이대로만
삼천리 연화장세계, 신바람 난 똥파리.
— 「참 좋 나라 대애한민국」 전문

첫수에서는 검사들의 비리를, 둘째 수는 입법기관의 자의성을, 셋째 수는 언론의 횡포를 날카롭게 비판하고 있다. 이 작품은 제목에서부터 비꼬는 어투로 대한민국을 비판하고자 하는 기색이 역력하다. 갑들을 위해 법을 만들고, 언론 재판

을 해대니 세상은 그들만의 잔치다. "극락 천당 유토피아 별
유천지"로 추켜세운 뒤 "연화장세계, 신바람 난 똥파리"의 무
덤으로 비하한다.

> 십이지신상 열 지어 한 푼 달라 두 푼 달라
> 황금돼지 포대화상 복덕을 사고판다.
> 전각殿閣엔 난장이 서고 스님들은 거간꾼.
>
> 부처는 아수라엔 나투지 아니할까?
> 애먼 돌멩이를 힘껏 차며 나오는데
> 한 사내 낮은 포복으로 반야심경 밀고 간다.
> ─「장사꾼들, 어떤 사찰에 오다」 전문

　자못 신성해야 할 절간에 장사꾼들이 들어섰다. 전각에
난장이 섰으니 주지 스님의 허락이 없으면 불가능한 일, 스
님들도 주변에 서고 거간꾼이 되어간다. 시적 화자는 못마땅
하여 애먼 돌멩이를 힘껏 차며 절간을 나온다. 성경에도 성
전 안에서 비둘기를 파는 사람들과 돈 바꾸는 사람들에게 강
도의 소굴을 만드는 것을 강하게 질타하는 예수의 얘기가 나
온다. (마태복음 21장 12~13절) 어디서나 경제적 이득이 따
르는 곳에서는 상술과 비리가 자리 잡고 있음을 볼 수 있는
데 시적 화자는 이러한 면을 결코 좌시하지 않는다.

> 또 불빛이 사라지고 내걸린 '시권 없음',
> 열에 아홉 집은 임대 매매 폭탄 돌리며,

밧줄이 좁은 바늘귀를 통과하는 화두 든다.

성업 중인 중개업자 시설업자 간판업자
음지의 독버섯인가 쓰레기장 모기뗀가.
불 켜진 그 옆집에서 망치소리 드높다.

—「시일야방성대곡是日夜放聲大哭」 전문

시일야방성대곡에서 也를 夜로 바꾸었다. 호황기의 불빛
이 사라진 밤중 같은 암담한 현실을 그리고 있다. 자영업자
는 없는 돈에 설비하여 장사를 하다 시권(시설비+권리금) 하
나도 건지지 못하고 망하니 살판나는 것은 중개업자, 시설
간판업자다. 주객이 전도되어도 한참 잘못된 셈인데 코로나
역병으로 자영업자가 멍들고 있는 현실을 적나라하게 보여
주고 있는 것이다.

보슬비 머문 곳엔
나무가 눈을 뜨고

봄바람 지나간 곳엔
꽃들이 활짝 웃지만,

우리가 놀다간 곳엔
쓰레기만 쌓여요.

—「우리 자리」 전문

군수와 관찰사들 사열을 받는 자리

공적과 관직명을 훈장처럼 달고 있다.
해질녘 참새 한 마리 똥을 싸고 날아간다.

사서에 남아 있는 제왕의 기록들도
한갓 좀벌레의 먹이일 뿐이려니
돌에다 새길지라도 비바람의 한 끼 식사.

—「공적비」 전문

자연과 인간은 남기는 모습에서 차이가 날 수밖에 없다. 자연이 머물고 간 자리에는 모든 생명이 새롭게 태어나고 아름다움을 이어가지만, 우리 인간이 머문 자리에는 오물과 쓰레기로 환경파괴만이 있을 뿐이다. 자연은 무한하지만 인간은 유한할 수밖에 없는 존재다. 아무리 높고 귀한 이름과 벼슬을 얻어서 그것을 돌에다 영원 무궁하다 새길지라도 "비바람의 한 끼 식사"라는 절묘한 표현 아래서는 허명이 얼마나 무가치한 일인가를 여실하게 보여준다.

4. 연민과 따뜻함, 해학諧謔

재미성 중에 또 하나 주요한 미적 자질은 해학諧謔이다. 해학은 사회적 현상이나 현실을 우스꽝스럽게 드러내는 방법으로 풍자와 함께 주어진 사실을 곧이곧대로 드러내지 않고 과장하거나 왜곡하거나 비꼬아서 표현한다. 풍자와 함께 표현하려는 것을 우스꽝스럽게 나타내고 웃음을 유발하는 공통점이 있으나 풍자가 비판적 인물을 공격함으로써 시적 화자가 생각하는 이상을 밝히며 읽는 이에게 웃음을 유발하는 것이라면, 해학은 그런 비판적 인물에게 공격받는 대상에 대한 동정으로 읽는 이에게 그런 상황을 공감하게 만드는 특징이 있다. 우호적인 시각으로 그리고자 하는 대상에 일정 정도 동조하고 연민을 느끼는 점이 풍자와는 다르다. 가령『흥부전』에서 '놀부'가 풍자의 대상이라면, '흥부'는 해학의 대상이 된다. 흥부에 대해서는 독자들이 동정하고 연민을 느끼는 점을 생각해보면 쉽게 이해가 된다. 특히 소외되거나 억압받는 인물을 따뜻한 시선으로 바라봄으로써 슬픔이나 아픔을 웃음으로 반전하는 효과가 있다고 볼 수 있다.

> 남들이 함께 살다 황혼이혼 생각할 때
> 당신들은 따로 살다 황혼에야 만났구려.
> 당신이 틀린 게 아니라 남과 다를 뿐이라오.
>
> 젊어서 만났으면 자식 걱정 많겠지만
> 늙어서 만났으니 손주까지 없어 좋겠네.
> 남은 날 당신들 걱정만 하다 가면 그만일세.
>
> 갈 길 먼 젊은이들 장애물이 겹겹이지만
> 산 넘고 물 건너며 철인경기 마쳤으니
> 벌 나비 벗을 삼아서 꽃향기나 맡으시게.
>
> ―「때늦은 축사」 전문

황혼에 만나서 느지막이 결혼하는 이들을 우호적인 시각

에서 그려내고 있다. "자식 걱정"은 물론이거니와 "손주까지 없어 좋겠다."라고 위로하는 배경에는 현실을 살아가는 부부들의 고단한 삶이 전제되어 있다. 셋째 수에서는 젊은이들의 장애물 겹겹인 것과는 달리 산전수전 다 겪은 철인경기를 마쳤으니 벌 나비 벗을 삼아서 꽃향기나 맡으라는 축사에서는 잔잔한 웃음을 머금게 한다.

못된 송아지 엉덩이에 뿔 난다더니
어린 것들이 불장난하기 시작한다.
아직도 날이 벌건데 깨굴깨굴 망나니.

단가를 부른다. 추임새도 뒤따른다.
어둠이 내리면서 개굴개굴 소리판이다.
들녘은 뜨거운 마당, 세레나데 드높다.

과부라도 이혼녀라도, 홀아비들의 몸부림
가끔씩 쉬어가며 목소리도 늘어졌다.
자정을 기어서 넘는다, 골골골골 쉰 고개.

꼬끼오 앞소리에 뻐꾹뻐꾹 받는다.
꿩 꿩 멍멍 컹컹 아침 인사 뒤에 가린,
'개구울', 전전반측하는 쪽방촌의 중저음.

해오라기 몇 마리가 대낮에 어슬렁거린다.
'살충제 제초제에도 목숨을 부지했느니라.'
무논에 납작 엎드려서 신혼집을 짓는다.
　　　　　　　　　　　　—「개구리 소리를 읽다」 전문

개구리와 닭과 뻐꾸기와 해오라기 등 모든 동물들의 짝짓기는 아주 자연스러운 일인데 이를 시적 화자는 재미있게 포착하고 있다. "단가"와 "추임새"에 "세레나데"까지 음악적 요소를 동원한다. 넷째 수에서는 소리를 서로 주고받는 것까지 묘사하고 있는데 "꼬끼오 앞소리에 뻐꾹뻐꾹" 뻐꾹새 울음, "꿩 꿩 멍멍 컹컹"하는 개 소리에 "'개구울'의 개구리 쪽방촌의 중저음이 장단을 맞춘다. 시간의 경과에 따라서 〈날이 벌건데 깨굴깨굴 망나니.→어둠이 내리면서 개굴개굴 소리판이다.→자정을 기어서 넘는다, 골골골골 쉰 고개.〉로 낙차를 둔 것은 개구리 소리를 몇 날 며칠 주목한 결과일 것이다.

　　아낙네가 감춘 심장, 할머니의 쓸개에다
　　머슴들 흘린 땀까지 손오공의 호로병처럼
　　썩은 것 튀어나온다, 빠진 배꼽도 따라온다.

　　"빨래독 좋아서 빨래하러 갔다가
　　못된 놈 만나서 돌 비개를 비었네."
　　돌부처 무딘 가슴도 눈을 찔끔 감았겠다.
　　　　　　　　　　　　　　　　　　　　　　—「진도아리랑을 읽다가」 전문

　　시적 화자는 "빠진 배꼽도 따라"오는 재미성을 진도아리랑을 통해 발견한다. "돌 비개를 비었네"란 대목에서는 "돌부처 무딘 가슴도 눈을 찔끔 감았겠다."라고 동조를 구한다. 아무리 신성하고 오욕을 초월한 돌부처까지도 재미있는 민요

가락에 웃을 수밖에 없음을 넌지시 얘기하고 있는 것이다. 말하자면 시적 화자의 시관에는 이러한 해학성을 우리 민족이 가지고 있는 아주 중요한 특질이며 이를 살려 써야 할 문화유산임을 분명히 자각하고 있다고 판단된다.

지금까지 우리는 잘 짜인 화엄의 구조를 보여주고 있는 이택회 시인의 시집 『숲속 이야기』에 나타난 재미성의 양상에 대하여 살펴보았다. 재미성의 양상은 지적 에스프리라 할 수 있는 기지機智와 골계미를 보여주는 풍자諷刺와 해학諧謔으로 나타나고 있다. 풍자나 해학은 양자가 모두 '있어야 할 것'으로 행세해 온 경화된 관념을 파괴하고 '있는 것', 즉 생의 현실성을 그대로 긍정하지만, '있어야 할 것'의 파괴 쪽에 관심을 집중하는 것이 풍자라면 '있는 것'의 긍정에 관심을 집중하는 연민과 따뜻함의 세계가 해학諧謔이라 볼 수 있는데, 이 두 개의 미의식이 이 시집에서는 잘 형상화되고 있는 것이다. 그런 의미에서 이 시집은 우리 시조단에서 지금까지 관심의 대상으로 밀려나 있던 시조의 재미성, 곧 기지機智와 풍자諷刺와 해학諧謔의 읽는 재미와 감동의 중요성을 일깨우고 있는 역할을 수행하고 있다는 점에서 중요한 시사적 의미를 지닌다고 볼 수 있겠다.

이태회

1957년 전북 정읍 출생. 2009년 《시조시학》 등단. 마한문학상, 가람시조문학 신인상, 전북불교문학상 수상. 가람기념사업회 수석부회장, 익산불교신도연합회장, 익산교원향토문화연구회장, 경기대 한류문화대학원 문화콘텐츠학과 졸업. 번역서 『추구』, 『금마지』, 논문집 『익산문화연구』, 수필집 『코끼리발자국』, 시조집 『여보게, 보자기』, 시조선집 『봄산』 외.

고요아침 운문정신 053

숲속 이야기

초판 1쇄 인쇄일 · 2021년 12월 15일
초판 1쇄 발행일 · 2021년 12월 24일

지은이 | 이태회
펴낸이 | 노정자
펴낸곳 | 도서출판 고요아침
편   집 | 이중원 김남규

출판 등록 2002년 8월 1일 제 1-3094호
03678 서울시 서대문구 증가로 29길 12-27 102호
전화 | 302-3194~5
팩스 | 302-3198
E-mail | goyoachim@hanmail.net
홈페이지 | www.goyoachim.net

ISBN 979-11-6724-067-5(04810)